小故事大道理系列

心灵鸡汤寓言篇

请坐，动物朋友告诉你

《青少年成长智慧库》编委会 编著

天津出版传媒集团

 天津科技翻译出版有限公司

图书在版编目（CIP）数据

心灵鸡汤 . 寓言篇 : 请坐，动物朋友告诉你 /《青少年成长智慧库》编委会编著 .— 天津 : 天津科技翻译出版有限公司 ,2012.9（2021.7 重印）

（小故事大道理）

ISBN 978-7-5433-3111-2

Ⅰ . ①心… Ⅱ . ①青…Ⅲ . ①故事—作品集—中国 Ⅳ . ① I247.8

中国版本图书馆 CIP 数据核字 (2012) 第 214455 号

出　　版：天津科技翻译出版有限公司
出 版 人：刘子媛
地　　址：天津市南开区白堤路 244 号
邮　　编：300192
电　　话：（022）87894896
传　　真：（022）87895650
网　　址：www.tsttpc.com
印　　刷：天津画中画印刷有限公司
发　　行：全国新华书店
版本记录：889×1194　16 开本　8 印张　180 千字
2012 年 9 月第 1 版　2021 年 7 月第 2 次印刷
定　价：36.00 元

前 言

有这样一则寓言：一只狐狸经过葡萄架下，看见如翡翠玛瑙般的葡萄悬挂在上面，顿时溢满了口水。它便拼命地踮起脚尖，想摘下一串葡萄解渴，却怎么也够不着，于是狐狸就搬来了一块石头踩上去，结果还是够不着……狐狸想尽了所有的办法，还是吃不到葡萄。狐狸无可奈何地转身离去，但又有些不甘心，于是忍不住回过头来，自我安慰道："这葡萄没有熟，一定是酸的。"

这则寓言对大家来说一定是再熟悉不过了，它的名字就是《狐狸和葡萄》。它来自于文学史上著名的《伊索寓言》。《伊索寓言》之所以流传至今，最大的生命力则在于它的雅俗共赏，它可以让不同年龄、不同职业、不同文化层次的读者从一则则生动、闪光的寓言中找到处理问题的答案，找到属于自己的人生寓意。

寓言中的诸多篇章诙谐有趣，且于诙谐之中揭示人间的真善美、假恶丑，其中习性千差万别的主角、情节迥异的故事情节，总能吸引孩子的目光。书中栩栩如生的形象不仅会在孩子的心中留下不可磨灭

的印象，而且会伴随着他们一起快乐成长。农夫的善良、乌龟的毅力，还有小山羊躲避恶狼的机智，这些都会在孩子柔软的心上扎根生长，最后还会开出美丽的智慧之花——这是孩子们一生的宝贵财富。

世界是寓言，我们每一个人便是这篇寓言的不同寓意。我们虽然不能把世界装进自己的口袋，但是我们可以阅读这些短小精悍的寓言故事，从中领略出自己与众不同的人生寓意。 在这个脚步匆匆、日新月异的世界里，寓言是一种别致的快餐，它古老又新鲜，你随时翻阅，都可以读到一个悠久而完整的世界。

编　者

目录

目录

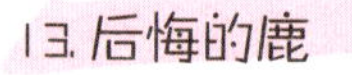

目录

目录

1. 狐狸和山羊

一只狐狸刚刚偷吃完一家农户的三只鸡，口渴难忍，想找一个水井喝点水。

还真巧，不远处真的有一口井。可是目前正是旱季，井已经快要干涸了，只有底部还剩下一点点水。狐狸眼看井底有水却喝不到，觉得更加口干舌燥。但是井太深，站在井口是无法喝到水的。狐狸想：看来这水是喝不成了。

他正想放弃喝水继续赶路，没想到脚底一滑，扑通一下子掉进了井里。狐狸想：既来之，则安之，先美美地喝个饱再说吧。

等狐狸喝足了水，正好一只口渴的山羊也来到井边，看见狐狸在井下，便问他井水好不好喝。狐狸觉得机会来了，心中暗喜，装出快乐的样子，极力赞美井水好喝，说这水是天下第一泉，清甜爽口，并劝山羊赶快下来，与他一起痛饮一番。

一心只想喝水的山羊信以为真，便不假思索地跳了下去，当他咕咚咕咚痛饮完后，才想起怎么从这深井中脱身。看到狐狸贪婪的样子，山羊更害怕了。

狐狸早有准备，假装好心地说："你放心，咱们现在的处境是一样的，我不会伤害你的，咱们还是一起想办法怎么上去吧。"山羊信以为真，答应和狐狸一起想办法。

狐狸装作思考的样子，然后狡猾地说："我倒有一个方法，你用前脚扒在井墙上，再把角竖直了，我从你后背跳上井去，再拉你上来，我们就都得救了。"

山羊钦佩地点了点头，同意了狐狸的提议。于是狐狸踩着山羊的后脚，跳到他背上，然后再从羊角上用力一跳，跳出了井口。狐狸上去以后，二话不说，拔腿就走。

山羊无计可施，只好大声指责狐狸不信守诺言。狐狸回过头大声地对山羊说："你这愚蠢的家伙，你的智慧如果有你的胡须一半那样多，也不至于蠢到如此地步！在没有想清楚上来的方法之前，就盲目地跳下去。"

动物朋友告诉你

聪明的人在面对诱惑时，应当事先考虑清楚退路，然后再去做。凡事要三思而后行。

2. 狮子、狼和狐狸

狮子生病了，无精打采地躺在洞里养病，可他的威严却丝毫不减。森林里的百兽都来看望狮王，并带来问候的礼品，可唯独不见狐狸的影子。狐狸的死对头——狼这下可高兴了，终于找到了一次报复狐狸的机会。他想：平日在狮子面前让狐狸占尽了先机，说尽了好话，这次要好好杀杀他的锐气。

于是狼献媚地对狮子说："狐狸真是太不像话了，我们大家都是如此关心大王您的健康，可在您生病的这段时间，狐狸居然连面也不露一下。我看啊，他是根本没有把您放在眼里，亏您平日那么器重他……"

狮子气得咳嗽起来，要发火惩治一下目中无人的狐狸。谁知正在狮子的气头上，狐狸进来了，其实他听到了狼的谗言。大家有的幸灾乐祸，有的为狐狸担心起来。

狮子看到狐狸，怒吼起来，可聪明的狐狸已经想好了如何为自己开脱，他有条不紊地说："在所有来问候您的人当中，有谁像我这样对大王您那么忠心，那么竭尽全力地为您效劳呢？"

狮子更加生气了："这么多天都不见你的踪影，还说你最忠心，你以为我真的病到是非不分了吗？"

狐狸赶紧说："我的大王，您有所不知，我这几天走

遍了各处，为您寻医问药，想找到一种良方给您治病，几乎都快累死了，哪像他们一样守在您身边这么舒服安逸。”

狮子一听，立刻转怒为喜，命令狐狸赶快把良方献出来。狐狸趁机说：“我拜访了一个名医，得到了一个秘方。”

“什么秘方，快说！”狮子急不可耐地催促着。

狐狸看了狼一眼，然后凑近狮子说：“要治好大王的病必须剥下一匹狼的皮，并且趁热用皮包住你的身体。”不用说，狼一定是立刻就被捉起来活剥了皮。

在狼临被剥皮时，狐狸走过来对狼说：“你本不该引诱大王动恶念，而应该使他怀善心才对啊。”

动物朋友告诉你

背后论人是非，自己反而落了网，害人者最后只会害了自己。

3. 狮子、熊和好运的狐狸

狮子和熊常常结伴去打猎，然后在一起分享捕获的猎物。这一天，他们又约好一块去打猎。

他们如往常一样来到了鹿群经常出没的山坡上。“看！有一只小鹿独自在山坡上吃草。”狮子目光敏锐，一下子就发现了猎物。心急的狮子正要扑上去时，熊一把拽住他，凑到他耳边说：“这可不能着急，我们这样冲上去肯定把他吓跑了。如果我们前后夹击，他肯定会落到我们手中。”笨重的熊这时倒是显得十分狡诈。狮子听了熊的话，觉得很有道理，决定就照熊说的办，两人便分头行动。

小鹿丝毫没有意识到危险的来临，他正在津津有味地吃青草，突然，听到背后有响声。他回头一看：啊呀！不得了！一只凶恶的狮子已经张牙舞爪地向他扑来了！

小鹿吓得撒腿就跑，狮子在后面紧追不舍。小鹿跑得真快呀，可还是逃脱不了狮子的魔爪。一个拐弯处，忽然熊又窜了出来，挡住了鹿的去路。他挥起蒲扇大的巴掌，可怜的小鹿呀，就这样被熊一巴掌打晕了过去。

狮子随即就赶到了，他可不能让笨熊独占了这个鲜嫩的小鹿："熊老弟，猎物应该怎么分呀？"

熊回答说："狮子老兄，那可不能含糊。谁的功劳大，谁就分得多。"

狮子听了以后，马上说："鹿是我先发现的，当然我的功劳大！"

熊也不甘示弱："发现有什么用？要不是我出了好主意，你根本追不上鹿。"

狮子很不服气地说："如果我不把鹿赶到你这儿，你也抓不到啊！"

笨熊又反驳说："如果我不及时出现，你还不知什么时候能追上他呢？"他们俩你一言我一语，谁也不服谁，谁都认为自己的功劳大，应该多分一些。吵着吵着，他们俩就动起手来，打得不可开交。

熊的身体强壮，力大无穷；狮子牙尖爪利，行动敏捷，两个人打得难解难分，可是谁也不能取胜。

这两个大家伙，势均力敌，不一会儿就都精疲力竭，再也打不动了，两个人都累得躺倒在地上，“呼哧呼哧”不停地直喘粗气。

被打昏的小鹿渐渐清醒了过来，他看见狮子和熊都躺在地上动弹不得，于是想赶紧爬起来逃走。可是不幸的事又接踵而至，狡猾的狐狸这时候出现了。

狐狸看着不能动弹的熊和狮子，优哉游哉地拎起还有点迷迷糊糊的小鹿走了。狐狸这下可是捡了一个大便宜。

熊和狮子摇摇晃晃挣扎着要爬起来追狐狸。可是争斗已经让他们耗尽了力气。他俩你看看我，我看看你，眼睁睁地望着狐狸拿着猎物消失在自己的视线里。

狮子无奈地摇摇头，熊后悔地叹了口气，然后异口同声地说：“团结合作使我们抓到了鹿，可是自相残杀却让别人占尽了便宜！”

动物朋友告诉你

如果不团结，煮熟的鸭子也能飞走，更不用说活鸭子了。

4.狐狸和刺猬

一只狐狸在涉过一条水流湍急的河流时，一不小心被河水冲到一个深谷中，一下就被摔晕了。当他醒来时，发现自己遍体鳞伤，躺在地上不能动弹。伤口流出了很多的血，一群饥饿的吸血蚊蝇便叮满了他的伤口，不留一丝缝隙。

这时，有一只刺猬走了过来，发现狐狸不仅受了重伤，而且浑身都是吸血的蚊蝇，十分可怜他，于是好心地说："不幸的狐狸，你真可怜，可是我太小了，又不懂医术，不能帮你治伤，那就让我来为你赶走这些可恶的蚊蝇吧。"

狐狸急忙回答说："不用啦，请你不要打扰他们。"刺猬感到奇怪，于是就问道："为什么不把他们赶跑呢？"狐狸回答说："千万不要，你所见到的这些蚊蝇已吸足了我的血，不再叮咬我了。你若替我赶跑他们，那另一些更饥饿的就会来将我所剩的血全部吸干。”

动物朋友告诉你

与其忍受两次折磨，不如将一次折磨忍受到底。

5.狐狸和豹

狐狸和豹本来是一对好朋友，现在却为了一个问题争论不休，原来他们正在争辩谁更有魅力。他们各抒己见，谁都不肯让谁。

豹子一边抖动着身体一边说："你看看，我身上有这么多色彩美丽的花纹斑点，你能比得过我吗？人们看到我的一个斑点，就知道整个豹子有多么漂亮了。这些斑点已经成为我的标志了。"豹子炫耀着身上的斑点，又摇晃几下身子。

豹子见狐狸没有说话，又对狐狸说，"你看看你有什么呢？一身灰不溜秋的毛，实在很不起眼。"

这时狐狸微笑着说："我的魅力不是体现在身上的斑纹，也不是靠外在的华丽装点出来的。"

豹子一副嗤之以鼻的模样，不屑地说：“那你还能有什么魅力呢？”

“我用之不竭的智慧让我散发出无穷的魅力。你的皮毛总有一天会暗淡无光，而我的智慧却会永远伴随着我。”

动物朋友告诉你

外在的表象会随着时间的流逝而消失，内在的智慧、素养和气度方能永葆魅力。

6. 狼和鹭鸶

狼和狐狸合伙去偷鸡，得逞后就回到他们的老窝痛快地大吃起来。狐狸没有狼吃得快，又不敢直接跟狼抢，就在暗地里咒骂："吃，吃，让骨头卡死你才好呢！"

就在这时，真的有块骨头一下卡在了狼的喉咙里。狼难受得没办法呼吸，痛得不停地扭转身体，而尖锐的骨头也就越往喉咙深处刺去，他只能挺着身体不动，可是总这样也解决不了问题。

他觉得骨头好像越来越深入到身体里面。"啊，如果骨头刺进心脏，死掉了怎么办？"狼越发不安起来，却只能一直发出"呜呜"的呻吟。这时狐狸早就幸灾乐祸地跑得无影无踪了。狼只好忍着剧痛四处求救。

狼找到了鹭鸶，含混不清地请求鹭鸶帮他把骨头取出来，并承诺事后一定付给他大笔的酬金。于是鹭鸶就让狼躺在地上张开大嘴，然后将他的长嘴巴伸到狼张大的嘴里，顺利地将骨头取出。之后，鹭鸶向狼索取酬金时，狼回答说：“哼，你能从我嘴里平安无事地逃出来，已经是给你最大的酬金了。你难道还不满足，还要什么报酬呀？”

动物朋友告诉你

对坏人行善的最大报酬，就是认识坏人不讲信用的本质。

7. 受伤的狼与羊

一只狼在准备袭击羊圈的时候，被牧羊犬狠狠地回击了一番，被咬得遍体鳞伤。狼伤势很严重，落荒而逃，找了一块较为僻静的地方躺了下来，舔自己的伤口。

一个夜晚过去了，他仍然不能动弹。他腿上的伤口还没有愈合，走起路来就有一种撕裂般的疼痛，不能外出觅食，他只好乖乖地躺在那里，痛苦地在地上呻吟。又是一天过去了，狼没有吃任何东西，也没有喝一口水。

“再这样下去我想我不饿死，也要先渴死了！我的嗓子！我的嗓子冒烟啦！”狼呻吟着。

这时，一只小羊发现了这块草地，正欢快地啃着小草。狼便请求小羊说：“我很渴，你帮我到附近的小河里取一点水来吧，我会感激你救了我的命的！”

小羊吓了一跳，想起了那天晚上羊圈里的动乱，不禁有些害怕。狼继续柔声劝说：“我知道小羊是世界上最善良的动物，只要你给我一点水解渴，我就不会要求你为我做更多的事，因为喝水之后我就能自己去寻找食物了。”

小羊听完他的话，醒悟过来，回答说：“如果我给你找来水喝，那我很快就会成为你要找的食物。”说完，就转身跑开了。

动物朋友告诉你

若助纣为虐，祸害的是自己。不要相信敌人巧言令色的欺骗，因为那往往隐藏着杀机。

8. 青蛙和老鼠

一只老鼠饱食终日，长得肥硕丰满，可是这个贪吃的家伙没有满足的时候。有一天，他来到河边，望着潺潺的河水心想：能不能在这里找到一些食物呢？

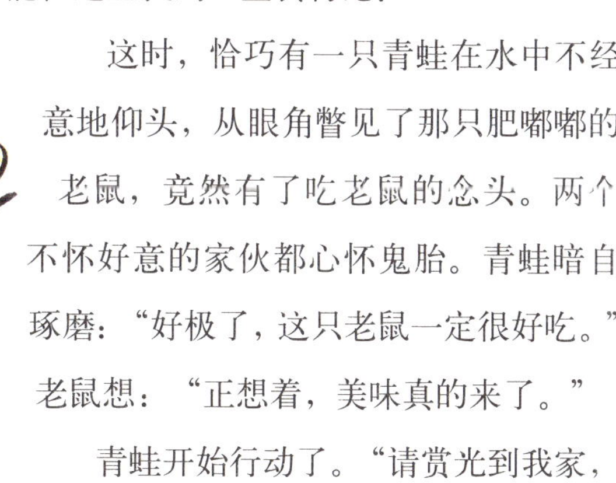

这时，恰巧有一只青蛙在水中不经意地仰头，从眼角瞥见了那只肥嘟嘟的老鼠，竟然有了吃老鼠的念头。两个不怀好意的家伙都心怀鬼胎。青蛙暗自琢磨：“好极了，这只老鼠一定很好吃。”老鼠想：“正想着，美味真的来了。”

青蛙开始行动了。“请赏光到我家，我请您吃上一顿大餐。”青蛙虚情假意地说。

“青蛙先生啊，你说得简单，我可不像你会游泳。”老鼠愉快地接受了邀请，因为这正中他的下怀。

青蛙赶紧替他想了个办法：他让老鼠把爪子绑在自己的后脚上，用灯芯草死死捆住。这个主意双方都满意，于是，赶紧找来旁边的一根灯芯草，各自绑在脚上。一绑完，青蛙就开始拼命把老鼠拉到水中，老鼠则要把青蛙拉到陆地上。

事情到了这个地步，双方才知道对方抱着和自己一样的企图，可是事已如此，再怎么样也要赢。于是，双方都使出浑身解数，拼着性命用力拉。

在水边还是青蛙厉害，不多久老鼠就被拽进了河里，很快肚子就被水胀满了。青蛙正打算享受自己的美味。这时一只老鹰在天空盘旋觅食，正巧看到了肥硕的老鼠的尸体，便俯冲下来把老鼠抓住了。因为灯芯草紧紧地捆着老鼠和青蛙的腿，所以青蛙也被一同带出了水面，成了老鹰的美味，这对老鹰来说可是个意外的收获。

动物朋友告诉你

算计别人最后反而害了自己，心怀不轨之人没有好下场。正如人们说的：“以害人开始，以害己告终。”

9. 母子和狼

有一只狼，住在离村子不远的一座山上，他常在山脚下的农家门外转悠，垂涎从农民家进出的小牛犊、母羊、羊羔或者大群的火鸡。对狼来说，这可都是难得的美味佳肴。村人也知道狼图谋不轨，迟早要把这个恶贼收拾掉。

狼虽然知道自己没有人缘，却一点也没有想到自己是这么的令人厌恶。他认为自己的行为也是很自然的，如同村人把耕田、养鸡或猪当成工作一样，受本能的驱使而吃面前的鸡或小猪，也是理所当然的，生存的需要嘛，所以狼没有想到自己会让村人恨之入骨。

当然，看到狼的村人有时也会大叫，或者对他投掷石块，狼会想：也许是因为人不像我一样有美丽的尾巴和绿色的眼睛，所以嫉妒吧。

有一天，狼费尽周折逮到一只鸡，正要回森林里去时，屋子那边传来小孩哇哇大哭的声音。

“人类小孩的哭声，每次听到都是这么的刺耳难听。”狼心里想着。就在这时他听到孩子的母亲说：“再哭就把你送到狼那里去，让他把你吃掉。”

狼听到这话信以为真，一边庆幸自己的好运气，一边等待孩子恼人的哭声再次响起。当母亲平静下来后又对孩子说：“下次别哭了，狼要是敢来，我们一棍子把他打死。”

“这是搞什么鬼？”狼听了这话十分气恼，大叫起来，“一会儿这样说，一会儿那样讲，把我当猴耍！总有一天，当这孩子长大，到林子里采榛子时，再尝尝我的厉害！”

这时人们听到了外面的动静，就从屋里拥出来，好几条看家狗拦住了狼的退路，长矛和铁叉齐齐对准了他。大家一齐把这倒霉的家伙乱棍打死了。一个农民把狼的头颅割下来，将狼头挂在门上，并在旁边贴上庇卡底地区的一句名言：

“蠢狼，孩子哭闹时，妈妈的责骂话是不足信的！”

人类所说的善意或恶意的托辞都不可轻信。

10．鸽子与乌鸦

一只懒惰的乌鸦，觉得整天跟同伴一起寻找食物真的太辛苦了，所以经常偷懒。尽管同伴们一直对他很忍让，他仍然不知道满足。

有一天，他看到鸽子被人类饲养在鸽笼里，不用风吹日晒，白天还能出来透透风，就羡慕不已。于是他用颜料把自己的羽毛染得像鸽子一样白，趁着鸽子傍晚返回鸽笼的时候，混了进去，分享他们的食物。一开始，乌鸦不出声，鸽子就把他误认为是同类，对他客客气气。乌鸦心想：我终于可以摆脱以前的生活了，想起那些吝啬的乌鸦我就生气。想着想着，一时疏忽，他竟然发出了乌鸦特有的声音，鸽子们这才发现他的羽毛只不过是染白的而已，于是纷纷往他的身上吐口水，把他那染白的羽毛弄得又是黑又是白的，然后把他驱逐出鸽笼。

夜晚来临，天气变冷，这只懒惰的乌鸦已经习惯跟鸽子分享人类提供的食物，失去了捕食的能力，只好又回到自己的同类那里去。可是他已经把自己的羽毛染白了，又被鸽子们弄得不伦不类，所以当初的伙伴已经认不出他了，即使认出来，也不愿再接受他，于是就把他当成入侵者赶出门外。懒惰的乌鸦妄图不劳而获，现在却连一个安身之处都没有。

动物朋友告诉你

投机取巧不是长久之计，食物要靠自己的双手获得。

11. 狮子、狐狸与鹿

狮子生了病，斑马医生告诉他千万不可出洞，以免病情恶化。可是狮子睡在山洞里不出去，才一小会儿就饿得肚子咕咕叫，就对一直与他亲密要好的狐狸说道："你若想要我活下去重振雄风，过从前的快活日子，你现在就去用花言巧语把森林中最大的鹿骗到这里来，他对我身体的恢复是很有好处的。等我恢复了，一定不会亏待你！"狐狸献媚地说："我一定想尽办法为您效劳。"

狐狸走进树林里，看见欢蹦乱跳的大鹿，便向他问好，并说道："尊敬的鹿先生，我是来告诉你一个喜讯的。"大鹿看到平时仗势欺人的狐狸今天用这种口气跟他说话，感到很疑惑，不过心里还是美滋滋的。

狡猾的狐狸早看出了鹿的心思，继续说："您知道，国王狮子是我的邻居，他病得很厉害，快要死了。他正在考虑，森林中谁能继承他的王位。我告诉他，野猪愚蠢无知，熊懒惰无能，豹子暴躁凶恶，老虎骄傲自大，而我这瘦弱的身体就更没法跟鹿先生您比了。只有大鹿您才最适合当

国王，您的身材魁梧，年轻力壮，您的角就是天然的王冠。狮王听我说得有道理，就决定由您来继承王位。您一定会成为国王。这喜讯是我第一个告诉您的，您快去为他送终，尽点心意吧。这样对您继承王位是很有利的。”

经狐狸这么一说，鹿真的觉得自己就要成为森林之王了，于是便走进了山洞里，那神态都有些趾高气扬了，当然丝毫不会想到发生什么别的事情。他们刚走进山洞，狮子就迫不及待地猛然朝鹿扑过来，用爪子撕下了他的耳朵。鹿反应还算敏捷，撒开了腿拼命地逃回树林里去了。狐狸两手一拍，表示辛辛苦苦白忙一场，现在自己也毫无办法了。狮子忍着饿，叹惜起来，十分懊丧。狮子请求狐狸再想想办法，用计把鹿再骗来。狐狸说：“你吩咐我的事太难办了，但我仍尽力去帮您办。”于是，他像猎狗似的到处嗅，寻找鹿的踪迹，心里不断盘算着坏主意。不多久，狐狸就找到了鹿的栖身之地。这时，鹿正在树林里休息，狐狸定了定神，然后神态自若地来到鹿的面前。鹿还惊魂未定，一见狐狸，气得浑身直哆嗦，语无伦次地说：“坏东西，你休想再来骗我了！你再靠近，我跟你没完。你去欺骗那些没看清你真面目的人吧，叫他们去做国王好了。”

狐狸说：“您怎么这样胆小怕事？您难道还怀疑我吗？狮子抓住您的耳朵，只是垂死之际想要告诉您一点关于王位的忠告与指示罢了。您却连那衰弱无力的手抓一抓都受不住。现在狮子很失望，要将王位传给狼！您可不能就这样失去做国王的机会，快走吧，不要害怕。 我向您起誓，狮子决不会害您。”

就这样，愚蠢又可怜的鹿再一次上当受骗，走进了狮子的洞穴。

这次狮子当然不会再失手。鹿刚一进洞，就被狮子抓住饱餐了一顿，并把他所有的骨头、脑髓和肚肠都吃光了。狐狸站在一旁看着，鹿的心脏掉下来时，他偷偷地拿过来，把那当作自己辛苦的酬劳吃了。狮子吃完后，到处在寻找鹿的那颗心。狐狸远远地站着说：“不要再找了。您想想就知道，鹿是没有心的。他两次走到狮子家里，送给狮子吃，怎么还会有心呢！”

动物朋友告诉你

有些人或为私利，或为权势，不辨真伪，不吸取教训，就会给自己招来灭顶之灾。

12. 狼和小山羊

有一只母山羊，独自养育着几个孩子。一天，母山羊要出去办事，临走前给小山羊们准备了足够的青草和水，并叮嘱他们不要出去，免得被狼吃掉。

母山羊还想出了一个好点子，她一再叮嘱小山羊说："为了你们安全，要十分小心，没有听到'狼和他的全家都去死吧'这个暗号，可千万不要开门！"

就在这时，有只狼恰好从门外路过，听到了这句暗语，并记在了心中，他在心里偷偷地笑着：这下可以吃到最鲜嫩的羊肉了。母山羊没有发现这个贪婪的家伙，放心地出门去了。

母山羊刚出门没多久，狼就开始流口水了，他迫不及待地敲了敲门，并学着母山羊轻柔的语调说："我的宝贝们，开门吧。"听话的小山羊没有开门。接着狼想起了那句暗号，虽然是对自己的诅咒，可是为了能填饱肚子只有说出来。于是狼又学着母山羊的声音说："狼和他的全家都去死吧！"他想：这下总会开门了吧。

小山羊听到后，刚想要把门打开，可是又觉得有点奇怪，那声音和母山羊温柔的声音好像不太一样，而且母山羊不会这么快就回来的。聪明的小山羊多了个心眼儿，只透过门缝往外看，说："把白蹄子伸出来给我瞧瞧，不然我是不会开门的。"要知道，狼是没有白蹄子的。

狼这下无计可施了，眼看母山羊就要回来，狼只好夹着尾巴，灰溜溜地饿着肚皮跑了。

动物朋友告诉你

处处留心保安宁，尤其对弱者来说，加倍小心很有必要。

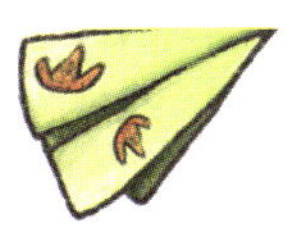

13. 后悔的鹿

森林里，有一只长得非常俊美的鹿。他有修长的腿，光亮的毛发所覆盖的身体简直就像天鹅绒一般优雅的闪耀，更吸引人的是那双绝世无双的犄角，使这只鹿的美格外出众。

有一天，这只鹿顶着他美丽的犄角漫步到了森林里，准备找一处阴凉的地方休息一下。天气太热，他已经热汗直流、口渴难忍了，正在这时，他看到了不远处有一个清澈的水塘。

他高兴极了，把嘴凑近水边，咕咚咕咚喝了个痛快。喝完之后，他长长地呼了一口气，又看见了自己在水中的影子。

“多么雄壮，多么美丽的角啊！”鹿看到了自己的角，忍不住得意地自言自语。

“我的腿又细又丑，怎么能跟我的角相配呢？”他看着自己的腿懊丧地想。

鹿正这样顾影自怜的时候，根本没有想到猎人带着猎狗正向他靠近。当他觉察到危险时，他吓坏了，拔腿就逃。他自认为又细又丑的腿帮了他的大忙，他用了最快的速度，非常容易就和追赶来的猎狗拉开了一大段距离。

前面出现了一片矮树林，鹿一直向树林冲去，他想，只要进了树林，就可以利用树林遮挡住猎狗的视线，化险为夷了。但是他那美丽的角太大了，他还没有跑几步，树枝就缠住了他的角。他非常着急，但是越挣扎，茂密的树藤就把他的角缠得越紧，直至一点也动弹不得。

鹿悔恨地想：“我该引以为骄傲的不是我的大角，而是善跑的腿呀！”

动物朋友告诉你

我们通常都是重视表面的美，而轻视实用的价值，但恰恰是这种表面的美常给我们带来麻烦和祸害。

14. 狗和幻影

一只饥饿的狗无精打采地走在路上，从早晨到现在，可怜的狗连一点面包渣都没找到，肚皮干瘪，两耳也无力地耷拉着。

突然，一只小狗嘴里叼着一块沾满肉的骨头出现在他的面前。饥饿的狗真是喜出望外，铆足了劲冲着小狗狂吠，接着恶狠狠地向小狗扑过去。小狗吓出了一身冷汗，丢下骨头仓皇逃走了。

抢到骨头的狗为了能独享美餐，决定去寻找一个安全、偏僻的地方独自一个人享用。他来到一条小河边，河水清澈透明，他不经意地向清澈的河水瞥了一眼。这一看可不得了，原来水中也有一只狗，一样叼着一块沾满肉的骨头，而且正瞪着大眼睛瞧着他。

贪心的狗心想：这只狗长得傻头傻脑的，一副饿死鬼的样子，他怎能配吃这么大一块肉骨头。我非要把他嘴里的那块骨头抢过来不可，那样吃起来多过瘾啊！

想着想着，他再也忍不住了，也忘记了自己站在河边，嘴里正叼着骨头。他张开嘴，想故伎重演，用他的吠声吓走那只狗。不料，刚把嘴张开，嘴里的肉骨头就掉到桥下的河里去了。

骨头掉到水里，打破了饿狗在水里的倒影。贪心的狗眨巴眨巴眼睛，哪里还有什么傻狗和骨头，只有自己的影子在水里晃来晃去。

原来他看到的是自己的影子啊！现在，贪心的狗什么也没有得到，可怜地站在小河边叹息。

动物朋友告诉你

贪心的狗连自己的影子都不放过，与自己的影子争食，最终丢了到手的美食。

15.狗与狐狸

一只狮子总是偷袭牧场的羊群，牧场主已经损失了好几只羊。一想到这些，牧场主就会怒火中烧，接着就会骂负责看守牧场的几只狗：“你们这几个没用的东西，真是白白地养活你们，看着羊被偷了，你们也不敢阻拦，去死吧！以后别在我面前出现，不然我打断你们的狗腿！”挨骂之后，狗们总是在角落里垂头丧气，心里对偷羊的狮子恨之入骨。

后来，牧场主买来了一把猎枪，并请来了猎人把那只狮子杀死了，而且把狮子的皮剥了，扔到森林深处，以警示其他的野兽不要来牧场捣乱。这几条狗无意间发现了这张狮子皮，为发泄心头之恨，便使劲用牙齿把狮子皮撕碎。

这时狐狸走过来说："你们真是会选择时机，如果狮子活着，你们就会明白，你们的牙齿是不能与他的爪子相对抗的。可现在，他只好任由你们撕咬了。"

动物朋友告诉你

风光一时，为人敬仰。一旦身败名裂，就会不同往日。

16.驴子和狼

一头驴子正悠闲地在草场上吃草，一转头，突然发现一只可恶的狼正在不怀好意地窥视着自己，便灵机一动，立刻假装一瘸一拐地走起路来。

狼从驴的身后跟上来，正要准备进攻的时候，早有准备的驴子赶紧说："你没看见我还跛着吗？"狼说："没关系，我从来不介意自己的猎物是个残疾。"

驴接着说："我可是真的为你着想，我刚才为主人拉货的时候，不小心扎到了一根很长的铁钉，你还是先把铁钉拔出来，免得扎伤了你的嘴。那可就得不偿失了。"

狼一听到关乎自己的性命，便听从了驴子的劝告。他抬起了驴子的脚，全神贯注地找寻驴蹄上的铁钉。冷不防地，驴子突然狠狠地踢了狼一脚，狼的下巴受了伤，连牙都被踢得松动了。

狼望着逃跑的驴子伤心地说：“我真是昏头了，我的父亲只教过我做屠夫的本领，为什么我要去当医生呢？”

动物朋友告诉你

世事多变，投机取巧的人往往玩火自焚。

17. 披着狮皮的驴子

有一天，一头驴子在主人的仓库里发现了一件狮子的毛皮，这意外的发现让他有了一个不合常理的想法。他想："我为什么要做驴子呢？做狮子不是更好吗？狮子可是百兽之王，任何动物看到他那个样子都会吓得发抖。我如果能够披上狮子皮，相信也会有狮子的威严和气魄。那该是多么有气派的事情，谁说我只能做一个驴子呢！"

驴子想着，竟然真的披上狮子皮走了出去，在众目睽睽下装出凶神恶煞的样子，吓得主人家的家禽看到他掉头就逃。就连主人见了，也吓得不知所措，无处逃遁。驴子看到这种情况，心里可痛快了，尤其看到平日对自己颐指气使的主人也吓个半死，就更加得意忘形、无法自控了。

就在这时，忽然起了一阵大风，驴子拼命地咬住身上的狮皮。不幸的是，风太大了，驴子不小心露出了自己的耳朵尖，碰巧被一个眼尖的孩子看见了，大喊："大家不用怕，他只不过是一头驴子而已！"主人见状，马上拿了棍子把他痛打了一顿，赶进了磨坊。

动物朋友告诉你

明智之人应安于现状，打肿脸充胖子的愚蠢行为只能招人耻笑，惹来是非。

18.驴子和小狗

一个农户家里养了一头驴子和一只小狗，驴子每天都要驮运柴薪、拉货车、载人，整天累得腰酸背痛，但即使这样，主人也只是给他一点点可怜的草料充饥。相反，小狗什么工作都不做，只要主人回到家，他就不停地叫唤，有时还去舔主人的脸；家里的人一叫他的名字，他就会很高兴地飞奔过去，汪汪大叫；谁抚摸他的头，他就直摇尾巴；谁凝视他，他就会同样歪着头直视对方，举起前脚，去搭对方的手。主人经常从外面带一些吃剩的东西给他，可丰盛了。

一天，小狗来到驴子面前，驴子说："你这个只会讨主人欢心的东西，快滚开！"吓得小狗赶紧跑了。驴子看着跑开的小狗心想："为什么每个人都这么宠爱他呢？相反的，我已经在这个家里出了这么大的力气，每天累得要死，他们却看都不看我一眼，是什么原因啊？”

驴子一边想着，一边呆呆地看着主人和小狗愉快的样子，忽然觉得很不公平。

正在这时，主人离开小狗朝他走来，驴子决定用同样的方式来获得主人的宠爱。等主人挨近时，他就尽可能做出看到的小狗的动作，先呜呜大叫，跑向主人，然后用后脚站起，粗大的前脚晃呀晃地搭在主人身上，再伸出大舌头舔主人的脸，结果不小心碰疼了主人，还弄得主人满脸口水。主人不但没有奖赏他，反而勃然大怒，把他拴在一棵树上怒气冲冲地棒打了一顿之后，关进了牲口棚里。

动物朋友告诉你

盲目的争宠只会自取其辱。

19.野鼠和家鼠

一次，家鼠和野鼠在乡间的小路上碰面了，他们很快成了好朋友。于是野鼠邀请家鼠到他家做客，分享乡下的美食。当他们吃着粗糙的没有经过加工的麦子与稻谷时，家鼠说：“老朋友，我真是不忍心看你过着连蚂蚁都不如的生活，改天你一定要去我家，我家里应有尽有，四周都堆满了精美的食品，而且营养十分丰富，我真希望你能好好地享受一下，如果你愿意，住在我家里都可以。”

野鼠被家鼠的真诚感动了，便立刻动身跟着家鼠进城了。

到了家鼠的家，野鼠吓了一

大跳，因为摆在他面前的是一幅他从未见过的景象：桌上铺着华丽的桌布，精致的餐具里放着诱人的食物；地上还有柔软的地毯，踩上去软绵绵的，像是在梦里一样。

野鼠惊呆了，他从没有想过竟然还有人过着如此奢华的生活。家鼠在他面前摆上面包、黄油、巧克力、燕麦，他还从厨房取来一块上好的干酪。野鼠见到如此丰盛的食物，非常兴奋，拼命地感谢家鼠，暗自决定一定要在这里住下去。

正当他们准备享受着一顿大餐时，有人开门了。家鼠拉着惊惶失措的野鼠慌忙逃进一个洞里。洞不大，刚好够他俩挤进去。等他们费了好大劲挤出洞，正准备重新开始晚餐时，又有人进来取东西了，这次他们比上次更惊恐，费了半天劲才钻进洞里躲了起来。

野鼠胆战心惊地躲了大半夜也没有吃到一点东西，于是他对家鼠说："朋友，再见了，还是你自个去吃吧！我已经没有食欲了。享受这些美味佳肴太让我担惊受怕了，我还是宁愿平平安安地去啃那些粗谷和大麦。"

动物朋友告诉你

与其担惊受怕地享受骄奢的生活，还不如平平安安地过朴实的生活。

20. 老鼠的会议

一大群老鼠在一个富翁家里过着无忧无虑的生活，他们不愁吃，不愁喝，安乐自在地繁衍子孙。

但是幸福的时光总是短暂，他们安定的生活随着一只猫的到来而宣告结束。

这只猫是捉老鼠的天才，也就是说，对老鼠而言，他简直就是个制造灾难的恶魔。

如何安然度过有史以来的第一个危机，成了当务之急，于是大家决定开一个紧急会议，商量对策。

然而，会议一开始，好发议论的几个老鼠便恶习难改，又以平日的口气，滔滔不绝、口沫横飞地说起了一些无关紧要的话。

一个平时说话很有分量的老

鼠忍不住站了起来，以很有权威的语气说道："现在是说笑的时候吗？那只猫锐利的牙齿就要扼断我们喉管，喝干我们的血液。这个是攸关我们生死和未来的紧急问题。"

接着，在智慧测试中获得第一名的老鼠站了起来，清了清嗓子说："是的，各位，死亡的脚步声就在我们的洞穴外徘徊，我们幸福的天堂也将会瞬间崩溃，关于这一点，我有一个很好的办法。众所周知，这一切的威胁都来自那只猫，我们需要解决的问题就是躲开他，不被他抓住。这么一来就简单了。我已经准备了一个铃铛，铃铛一晃就会响，猫静卧不动的时候是抓不到我们的，所以只要把这个铃铛挂到猫的脖子上，一旦猫向我们靠近，铃铛就会发出声音。听到这个声音，我们只要躲到猫爪子够不着的洞里面去就可以了。"

这个聪明的老鼠刚说完，会场里便响起热烈的掌声。"对呀，真是个好主意啊！"老鼠满面笑容地接受着大家的夸奖，心中暗暗得意。

这时，一个小老鼠一边往后退缩，一边胆怯地说："但是派谁去把铃铛挂在猫的脖子上呢？"

动物朋友告诉你

光用想的、说的，仍旧不能解决问题；想出一个好主意并不难，真的去做就不那么容易了。

21. 公鸡和狐狸

一只狐狸在一户农家的院子附近观望，希望找个机会逮到一只鸡解解馋。过了好一会儿，他终于看见院子的附近有一只公鸡在啄食，于是他赶紧飞奔过去，想偷走这只鸡。

没想到农夫早有防备，他已经在院子的周围布下了捕兽器，只听“哎哟”一声，狐狸还没走两步就被逮住了。还好，只是一根绳子捆住了他的脚，否则他现在就已经一命呜呼了。

公鸡听见了狐狸的惨叫声，立刻飞到了草垛上，看见一只狐狸被逮住了，正在拼命地咬着绑住自己的绳子。公鸡不知道如何是好，也不敢靠近他，只是远远地望着。

狐狸看见公鸡在盯着他看，还在想着自己的美事，于是对公鸡说："你别害怕，其实我是来向你请安的，只不过被人误会了。现在你就到我的身边来吧。"公鸡说："既然这样，那我可要谢谢你呢，不过，你现在被捆住了，我能帮你做点什么吗？"狐狸以为自己骗过了公鸡，就说："噢，那倒不用，只要你乖乖地在一旁等着我，还有，在我把这可恶的绳子弄断之前，千万不要让你的主人知道，否则他会看我的笑话的……"

还没等狐狸说完，公鸡就扇动翅膀，从草垛上飞下来，喔喔的大声叫起来。公鸡的叫声很快惊动了农夫，狐狸被捉住了。

公鸡等狐狸被捉住之后，嘲笑他说："如果你不告诉我，我还真的不知道该怎么办呢？"

动物朋友告诉你

痛打落水狗，才是明智人的做法；不能因为敌人落难就心慈手软。

22.狮子和蚊子

狮子的美梦又被蚊子吵醒了，他愤怒地说：“你这卑微的东西，不要在我面前飞来飞去，快滚吧！你们简直是世界上最烦人、最弱小的东西。”

蚊子说：“不许你这样污辱我，我不怕你！”

狮子冷笑着说：“你这个不知天高地厚的东西，我打个喷嚏都能把你吓死。”

这时蚊子飞到狮子面前，说：“别在我面前吹牛，你也并不比我强多少。你的力量究竟有多大？是用爪子抓，还是用牙齿咬？不过是些女人跟男人撒泼使的招数，

可我却比你要厉害得多。你若愿意，我们不妨来较量较量。”

蚊子说着就向狮子展开攻击。蚊子扑到狮子身上，专叮他鼻子、眼睛和脸上没毛的地方。狮子不堪忍受，身体马上就被螫得到处红肿，蚊子又针对红肿凸起的皮肤展开不断地攻击。到了这个地步，狮子向来自豪的利牙和鬃毛也没有用武之地了。狮子从未受过这样的屈辱，他气极了，便发狂似的，用自己锐利的爪子搔身体。终于搔得满身伤疤，手脚都染红了血，最后累得气喘吁吁，应声倒地，爬不起来了。

蚊子战胜了狮子，吹着喇叭，唱着凯歌，在空中飞来飞去，炫耀着自己的战绩。不料却被蜘蛛网粘住了，只好无奈地等着蜘蛛来把他吃掉。蚊子临死也弄不明白，不解地问道：“我已战胜了最强大的动物，怎么却被这小小的蜘蛛吃掉呢？”

动物朋友告诉你

骄傲是没有好下场的，有些人虽击败过比自己强大的人，却会被比自己弱小的人击败。

23. 狮子和小老鼠

一只小老鼠吃饱喝足之后，从鼠洞里出来溜达溜达，和煦的阳光照在他的身上，舒服极了。他惬意地闭上眼睛，哼着小曲，在大自然中享受阳光的抚摸，脚下舒服得像是踩着地毯，滑溜溜、软绵绵的。

忽然，脚下像是地震一样地动山摇，他揉了揉被太阳照花了的眼睛。啊！原来他是在一头狮子的身上散步呢。他吓得浑身颤抖起来，一步步向后退去，眼睛死死地盯住那头狮子。

然而，狮子挪动了一下身子，又开始打起呼噜来。

老鼠壮了壮胆。他以前从没有敢在这么近的距离看过狮子，今天何不趁狮子睡熟之际，好好看看这个强悍的家伙。于是他踮起脚尖走到狮子的头前，甚至想伸出小爪子摸一摸狮子的长胡须了。

这时狮子突然醒过来，一把抓住了老鼠。

“你这个不知轻重的家伙，真的以为我又睡着了吗？我狮王可不是空有虚名的。”

现在狮子只要动一下前脚，“啪”的一声就可以把小老鼠解决掉。老鼠请求饶命，颤抖着说：“伟大的狮王，我真的不是有意冒犯你。只要你饶了我的命，我将来一定会报答你的。”狮子看着他可怜的小模样，轻蔑地笑了笑，心想，反正吃了他连牙缝也塞不满，就把他放了。

接下来的这件事发生在很久以后的一天。狮子不幸跌入了猎人的陷阱。猎人发现后用绳索把他捆在一棵树上，然后去叫同伴。老鼠听到了狮子的吼叫，便走过去咬断绳索，放走了狮子，并说：“你曾经不屑一顾地认为我不能报答你，现在看到了吧，老鼠也能报恩。”

动物朋友告诉你

世事难料，强者也会有需要弱者帮助的时候。

24. 年老的狮子和聪明的狐狸

群兽之王狮子也有风光不再的时候，因为年龄太大，导致身体虚弱，只走几步路，脚就会发软，更别说捕获猎物了。于是他开始招摇撞骗，他谎称自己吃错了东西肚子疼，这样动物们就不会怀疑他已经老到不能动了。接着他传令告谕他的臣民："各类禽兽都要在不同的时间派遣使者来探病，如果不去探望，就要给予严厉的制裁。"

迫于狮子的淫威，怕他病好了之后报复，动物们只好乖乖地听令。最早去探望的是担任传令兵四处宣传的斑马。接着是黑斑羚，其次是疣猪，然后是牛羚。他们都照着狮子的规定，一一前去探望狮子。

其他动物更没有违逆狮子的勇气，于是每隔三天就互相商量由谁去探望，轮到自己时，谁都好像理所当然似的前往狮子的洞里探视，谁也无暇顾及这些去探望狮子的动物的下落。

不多久就轮到狐狸了。他按时来到狮子那里，但只是远远地站在洞外，然后很恭敬地问狮子身体如何。

狮子说："我没有什么事，但你为什么老站在外面啊？请进来和我聊一聊吧。"

狐狸回答说："可以啊，不过您能不能先告诉我，这里所有的足迹为什么只有进洞的，却没有一个出洞的？"

动物朋友告诉你

聪明的人会见微知著。能够根据细微的迹象预见到危险的人，才能够避开危险。

25.动物们献贡

近几天里，一直有一个声音在森林的上空回响：“森林之王下令要所有动物献出贡品。”这个声音弄得大家人心惶惶，因为这个声音以前从没有听过，也不像是狮子的声音。

“如果是这样，莫非那是神的声音？一定是无所不能的神灵也在帮助森林之王狮子。”一直自诩为智者的老猴子说。

既然这样，他们就必须采取行动了。可是森林之王所期望的贡品是什么呢？于是大家决定召开一次森林大会，来具体商讨这件事情。

大会开始了，他们并没有特别去讨论那个声音到底来自哪里，只是讨论要献给狮子什么样的贡品。

还是精明的狐狸为大家解开了难题，他说：“人类通常是把自己最喜欢的东西献给他们的神灵，那么我们也不妨将我们所喜欢的肉类、水果当成贡品，而且最好是狮子所喜欢的肉类作为贡品。”

大家觉得狐狸的想法很有道理。可是这又牵扯到了一个大问题，要由谁去当这块肉呢？指定某个动物去当这个贡品是没有道理的，可是也总不能叫大家各自在身上切一小块肉再交出来。也有意见说，如果没有办法，那就大家抽签，没抽中的就轮流到狮子那边当贡品好了。

可是不管谁都不愿当作供品献给狮子，大家每天都会想着，昨天是谁当贡品，今天轮到谁，然后明天是谁，下一个又是谁，每个人都必须怀着恐惧过日子。一时间恐怖的气氛笼罩了整个森林，这时兔子下定决心说：“大家都豁出去了，干脆一起去狮子那里吧。反正我们每天都在随时被杀的恐惧中生存，不如现在我们一道去狮子

那里，由狮子指定谁当贡品，选了谁，谁也不会有怨言。”他的真诚感动了大家，于是全体往狮子的住处前进，胆小的也紧跟在后面。

狮子看到这么多动物朝自己走来时，却吓了一大跳，惊慌失措地卷起尾巴逃跑了。

原来，那天狮子吃饱喝足之后，躺在草地上睡着了，在梦中他还惦记捕获猎物。他梦呓道：“如果小动物们每天轮流当我的猎物，自动送上门来好了，我就不必这么辛苦去捕食了。”这话被西风听到了，就把这些话添油加醋地在空中吹来吹去，好像在动物的耳边低语一般，这就是动物们听到的神灵般的声音。但是狮子一觉醒来，全忘了这些事，当看到那么多的动物朝自己走来时，还以为是自己卑鄙的想法被动物们知道了，动物们要联合起来报复呢！

想象与事实总是存在着意想不到的差别。

26.得了瘟疫的群兽

一天，狮子大王召开森林紧急会议，原因是这些天瘟疫在森林中肆虐。

他捋了捋胡须说："亲爱的朋友，我琢磨着可能是因我们有罪，所以上帝才降下这一灾难。我们这些动物之中谁罪孽深重，希望他能出来做自我牺牲，平息天怒，这样做也许大伙的病会好起来。先拿我来说吧，为了满足自己的胃口，曾吃过许多绵羊，他们对我能有什么威胁？一点也构不成！有时我甚至把牧羊人也吃了。因此如果需要的话，我将作出自我牺牲。现在我想，最好每位都能像我一样主动认罪。因为大家都认为要根据公正的裁决让罪孽最大的去抵罪。"

"陛下，"狐狸说，"您是位太仁慈的君王，您的

认真态度使大家看到了您严于律己的品德。嗨！说到吃羊，那种蠢东西吃了也是不为过的。大王，您赏脸去嚼他们就是赐给他们最大的荣誉。至于牧羊人，应该这样说，是他咎由自取，因为这家伙自以为是，对我们为所欲为，惩罚他也是应该的。”狐狸如此为狮王开脱罪责，奉承者都鼓掌喝彩。于是，大家都不敢再去深究老虎、熊等等其他猛兽那些不能宽恕的罪行。

轮到驴子说话了，他犹豫了半天，吞吞吐吐地说：“我也不知道这算不算是罪行，我记得有一次经过修道士的草地，当时我的确饿得厉害，看到嫩草，鬼使神差吧，我就吃了一丁点大的一块青草。应当说我没有权利去吃他，所以我一直隐瞒着，可今天既然大家都坦白自己的错误，我也就照直说了。”

话音刚落，大家立刻喊着把驴子抓起来。有只狼，算是个穷酸秀才吧，引经据典地证明驴子行径的罪恶，说要把驴这只可恶的牲畜作为祭品。狼说，这秃驴，这败类，原来是他惹来的这一切灾祸。光天化日之下，竟敢吃别人的草，而且是尊敬的修道士家的草地，这真是十恶不赦，这样的罪孽必须判处死刑！

就这样，驴子成了最应该牺牲的动物。

动物朋友告诉你

原本无关紧要的角色往往在关键的时候，被当成最合适的牺牲者。

27. 狐狸和葡萄

一只狐狸疲惫地走在乡间的小路上，饥饿使他的脚步蹒跚，一副无精打采的样子。

他已经好几天没有吃东西了，昔日引以为傲的毛皮已经失去了炫目的光彩，向来动不动就要炫耀的蓬松尾巴，也因此根本使不上力，而像扫帚一样拖在地上了。

狐狸缓慢地挪动着沉重的脚步，那种盲目而无助的神情，就像濒临死亡一样。

狐狸不由得仰头望天长叹了一声，就在他仰起头的时候，恰巧看到了大串诱人的葡萄，那些葡萄硕大而饱满，像紫色的珍珠一样晶莹剔透，看起来就让人垂涎欲滴。狐狸喜出望外，终于有可以吃的东西了。

然而，那些葡萄长在一道陡峭屋墙的平台上，狐狸的手无论如何也够不到。他很着急，在周围的空地上找了一些石块垫在脚下，由于垫得太高了，石块滑落了下来，他跌了一跤，本就虚弱的身体摔得眼冒金星，还是没能够得到葡萄……

狐狸没有力气再去摘葡萄了，就一直盯着葡萄看，不肯离去。这时，一只乌鸦飞了过来，他很轻巧地就落在平台上，专拣熟透的葡萄吃。懊丧的狐狸心里极不平衡。突然，他冒出了这么一句话：“葡萄没有熟的话，一定会吃坏肚子。”

狐狸转身离去，但他又忍不住回过头来，自我安慰地说：“这葡萄没有熟，一定是酸的。”

有些人能力小，做不成事，就借口说时机未成熟。

28. 狐狸与乌鸦

一只乌鸦刚刚偷回了一块肉，在嘴里衔着，停在树上休息。刚好一只路过树下的狐狸看见了，饥肠辘辘的狐狸急得口水直流，非常想把肉弄到手。

于是，他不露声色地站在树底下，装作很平常的口气对乌鸦说：

“我们有些日子没见面了，但不管在什么时候、什么地方见到您，您总是这么英俊潇洒，每次我都为您的美丽而倾倒。瞧！您的羽毛越发的乌黑亮丽，您的身材越来越魁梧。请您一定相信，我并不是在恭维您，我真的只是太羡慕您了。另外，我还听说您的歌声非常动听，百灵鸟也不及您的十分之一，真可惜，我还不曾听过。啊！如果真的像他们说的那样，您应该成为鸟中的皇后了。您能用您高贵的嗓子为我高歌一曲吗？”

乌鸦听了，明明知道这是狐狸的奉承话，却还是高兴得飘飘欲仙，越发想显示一下自己的声音。于是他便张嘴放声唱了起来，刚一张嘴，肉就掉了下来。狐狸轻轻一跳，就接住了掉下来的肉。

狐狸一边吃一边余味无穷地舔着嘴说：“谢谢您的招待，您的声音真的非常动听，您若有头脑，我想是可以当鸟中的皇后的，但还需努力哟！这块肉全当是你交的学费了。”

乌鸦这才知道吃了大亏，但只好自认倒霉，谁让自己那么轻信又虚荣呢。

动物朋友告诉你

拍马屁的人是把奉承当成工作的，因为有利可图。要想不吃亏，就要有自知之明。

29. 鹰和鸡

一个夏天的早晨，一只老鹰在高处漫游，飞得累了，就降落下来，正巧落脚在低矮的鸡棚上。

一只普普通通的鸡看到了落在鸡棚上的老鹰，他便不服气地对他的同伴说道：

“老鹰凭什么让人那么尊敬他呢？他飞行的样子吗？那就是他本来的面目嘛！这可没有什么了不起，我也能飞，也能躲在鸡棚上，一点不含糊。将来，我们可要放聪明点儿，不要把老鹰看得地位那么高了。你看，他的腿那么短，眼睛也比我们大不了多少，他就跟其他的禽鸟一个样儿，而且我现在知道了，他竟然会飞得和我们一样低！”

鹰本想停下来好好歇一歇，现在被这只鸡啰唆的言语搅得心烦意乱，便显出不屑一顾的神态，驳斥道：

“你说得对，鹰有的时候的确飞得比鸡棚还低，可是鸡啊，你能飞得跟我一样高吗？” 说完，就展翅飞到高空去了。

动物朋友告诉你

当你面对比你强的人的时候，不要徒费心思去吹毛求疵，而要看到你需要学习的地方。

30.想变成老鹰的乌鸦

有一只异想天开的乌鸦，整天想着做一只强大的雄鹰。

当他看见老鹰叼取了一只小羊，迅即飞升到高空振翅而去时，又禁不住开始浮想联翩了。

他想，要是自己能够像老鹰那样做该多好啊！老鹰攫走的是小羊，而且是一整只，那吃起来会是多么过瘾啊！

仔细回想一下，自己唯一一次吃到的一小块羊肉，也不过是附近村落举行庆典时，小孩丢掉的骨头上附着的剩肉罢了。尽管如此，还是让他回味无穷。如果是新鲜肉块，而且是一整只羊的话呢？那滋味一定会终生难忘。

于是乌鸦满脑子里都是美味的羊肉，这种强烈的欲望让他变得很愚蠢。他似乎感觉自己就是大兀鹰，有着庞大的身躯和尖利的利爪，可以独享一整只羊。这种幻想越来越强烈，直至吞噬了他的理智，于是，他就像大兀鹰一样飞进了羊群之中。甚至，在降落时，他的脑海中还产生了一个荒谬的想法：既然要下手，就不妨挑一只更有分量的大羊。他的眼前别无他物，只有印象中鲜美的羊肉，他伸开意念中的利爪一把揪住小羊，不，是大羊的毛，可是， 他的脚爪却立即被长而卷的羊毛缠住了，他拼命地想挣脱开束缚，但是无济于事。那只被抓的羊显得很不耐烦，在羊群中乱窜起来，可怜的乌鸦就这样被羊群挤死了。

动物朋友告诉你

做事必须量力而行，小偷学大盗，结果更糟糕。

31.聪明的狼

狼已经三四天没有吃一口东西了，饿得骨瘦如柴，他耷拉着头慢慢地挪着步子。正在这时，他遇到了一只高大威猛、正巧迷了路的家狗。这只狗是这一带最富有的农场主养的，经常跟狼作对，他们之间的积怨已经很深了。

饥饿的狼看到这只狗，顿时狼形毕现，恨不得扑上去把他撕成碎片，然后饱餐一顿。但是这时他突然发现自己头重脚轻，皮包骨头的身子似乎已经弱不禁风了。再看看那膘肥体壮的狗，特别是那身光亮的皮毛，在月光下闪着幽幽的光，仿佛对饿狼暗示说：你过来呀，看我比你强壮得多！

狼顿时就颓丧了起来，转而满脸堆笑，用非常好听的声音同狗打起了招呼，并小心翼翼地走上前去，话语中充满恭维地说：“我想向你请教一个问题，怎么样才能像你一样膘肥体壮呢？你吃了些什么好东西啊？唉！我现在可是日夜在为生计奔波，你看我已经瘦得皮包骨头了。”

狗回答说：“你要想过我这样的生活，其实非常简单，只需要跟我学着干就行了。首先，必须离开森林。你瞧瞧你那些同伴，都像你一样脏兮兮的，生活没有一点保障，为了一口吃的都要与别人拼命。学我吧，包你不愁吃喝。”

“真的吗？那我该怎么做呢？”饿狼疑惑地眨巴着眼问道。

狗回答：“就是给主人看这个农场呀！夜间防止贼进来偷东西。看到有小偷，你就拼命地叫，要非常凶猛地对待他们，把他们赶跑。但对待家人一定要非常温顺，要讨主人们的欢心，只要这样做，主人盘子里剩下的饭，还有沾满肉的大骨头等，就都是你的了。”狗非常自豪地说道。

“你看看你们，吃了上顿没下顿，天天风餐露宿，有时为了争一块小骨头还抢得头破血流，没准哪天饿死了都没有人知道。”狗继续劝说着饿狼。

饿狼听着听着，眼前仿佛出现了大块大块的肉。他陶醉地想象着饱餐一顿的样子，口水都快要滴下来了。狼开始心动了。

于是他们亲热得像一对亲兄弟一样，肩并着肩向农场走去。这时狼一转头，突然看到狗的脖子，那漂亮的皮毛上秃了一块，有一个十分明显的伤疤，狼感到很奇怪，便问狗是怎么回事。

狗说："没什么大不了的。"

狼觉得非常不安，便继续问："到底是怎么回事？"

"区区小事而已，是我脖子上拴铁链子的颈圈弄的。"狗淡淡地说。

"铁链子！"狼惊奇地说，

"你是说，你经常会被人类限制自由吗？"

"是的，有时不能完全随我的心意。"狗说，"白天有时候主人会把我拴起来，但晚上看守农场的时候我是绝对自由的。"

"是这样的呀！"狼说。

"我宁可自由自在地挨饿，也不愿套着一条链子过舒适的生活，你自己去享用美餐吧！"饿狼说完这些话，转身就钻进森林里了。

动物朋友告诉你

自由与安逸之间，前者才是更为明智的选择。

32.伪装成牧羊人的狼

一只狼正坐在太阳下冥思苦想，这只心术不正的狼整日绞尽脑汁地想一些坏点子，这次又在想什么呢？

“整天追着羊群猎取食物好累呀，如果能有一个好办法，让我不需要辛苦地追赶，就能吃上鲜美的羊肉，该多好啊！”

狼绞尽脑汁地思考着，不多久，他的脸上露出了奸诈的笑，不用说，一定是想出什么馊主意了。他决定要改变一下自己的模样，好好学一下狐狸的伎俩。那就是乔装成牧羊人，把整群羊都劫走，这样就可以不费力气地把羊一网打尽。

可是要使自己的计划成功，狼还要费一番周折。

最主要的问题是自己身上这一身讨厌的狼皮，再愚蠢的羊也能认出他的狼皮。

他左思右想，回想起曾经看过牧羊人披着鞣皮长外套，好吧，就这样吧，到时候也穿上鞣皮长外套好了。接下来的问题是行走的姿势，人类都是直立行走，身高当然要高出狼很多，于是，狼试着用后脚站立起来，还不错，几乎和牧羊人差不多高，他又试着走了几步，虽然有些摇晃，但还不至于跌倒，这方面应该可以蒙混得过去。

还有相貌的问题，他想到牧羊人几乎都是戴着帽子的，更何况，在狼的家里，还藏有一个他上次从村庄里偷来的人类的帽子，这次刚好可以派上用场了，只要戴上大檐的帽子，不管是人或狼，几乎都可以把脸遮住，实在方便极了。狼觉得已经做好了充分的准备，马上就可以实施他的计划了。

似乎一切都比预想中的顺利，夕阳西下的时候，趁牧羊人还未出现，狼出动了。他精心地装扮之后，又自己演练了几遍，才信心百倍地压低帽檐，走向羊群所在的牧场。看到圆滚滚的美味肥羊，狼拼

命压抑住想扑过去的冲动，谨慎小心地，一步步挨近羊群，小羊一看到假冒牧羊人的狼，还高兴地靠过来，狼见到这样的情形，对此次的行动更有信心了。接着他开始模仿之前所看到的，使用手杖指挥羊，羊竟然乖乖照着指示成群跟了过来。

狼高兴得要跳起来了，他开始小心翼翼地把羊群赶向山谷间的小径。可是，就在通往山谷的岔路上，一个调皮的小羊羔却开始不听指挥，往相反的方向跑去。小羊可是最鲜嫩的呀！狼一心急，便开始嚎叫……

羊群开始躁动了，四散奔逃。这时牧羊人也按着羊群的脚印寻找来了。可怜的狼被自己的装束绊倒，只等着束手就擒。

动物朋友告诉你

伪装的东西早晚都会露出破绽，丑恶的面目终归会在不经意中现出原形。

33.乌鸦和孔雀

一只虚荣的乌鸦在森林中无聊地散步，偶然间发现了一只已经死去的孔雀，乌鸦一开始觉得很晦气，便往死去的孔雀身上踢了一脚，这一踢使他注意到，孔雀虽然死了，可是皮毛还是一样的光彩夺

目。于是他便偷偷拔下孔雀羽毛，插满自己的全身，然后学着孔雀的样子在森林中四处奔走炫耀，以为自己真的成了一只漂亮的孔雀。

森林中的孔雀们一听说出现了一只傲慢、爱炫耀的孔雀，就在他周围仔细观察。最终，孔雀识破了他的真实身份，嘲弄、讥讽之声接踵而来，更何况他的羽毛是从同类身上拔下来的。于是一群孔雀围上来把他的假羽毛全给拔了下来，这样还是不解恨，最后连同乌鸦自己的羽毛也给拔得一干二净，那副光秃秃的模样可真够吓人的。乌鸦的假面具被识破，于是垂头丧气地回到乌鸦同伴中去，可是他的乌鸦毛也被拔去了，同伴们已经认不出他了，就把他赶出了家门。

动物朋友告诉你

现实中像这样的“乌鸦”比比皆是，他们常常用别人的外衣来装扮自己，人们称他们为剽窃者。

34.猴子和猫

一只猴子和一只猫是邻居，这两个家伙从来不做好事，经常合伙偷别人的东西。人们对他们恨之入骨，可他们却总是不以为然。

一天，他们走到一户农家的门口，发现院子里正燃烧着一堆火，他们很好奇，便走上前想看个究竟。原来火堆里有很多栗子，于是他们打算把火堆里的栗子全部偷走。

猴子对猫说："朋友，今天我们终于不用挨饿了，现在你用你的爪子把这些栗子全部拿出来，然后我们平分。你看怎么样？"

猫回答："这是什么道理？为什么你不去拿呢？"

猴子狡猾地笑了笑，说："干这种事还是你的爪子比较合适，再说，我也不会闲着，我还要帮你放风呢！”

猫一听有道理，就相信了猴子的话，开始用自己的爪子把栗子从火堆里一个个拨出来，等他拨完之后，爪子已经被火烤得像红薯了。他转过身来，打算好好地享受自己的劳动成果，谁知地上一个

栗子都没有了，剩下的全是被猴子剥下的栗子壳，栗子一个不落全被猴子给吃完了。原来猫只顾偷栗子，没有注意到刚才发生的事情：猫从火里拨出来一个栗子，猴子就随即捡起来塞进了嘴里。猫后悔极了，可是没有办法，因为这是在农家的院子里，他没法声张，不然被主人知道就没有后路可退了。

猫只得忍气吞声地跟着猴子走出来。过了一会儿，他对猴子说："既然你已经吃完了，我也没有办法，再说，我也不是太饿。不过我可要提醒你，吃得太多不喝水，你很快会被噎死的，我劝你还是找个地方多喝点水吧。"

猴子见猫说的诚心诚意，就赶紧找到一条河，拼命地喝水，结果不一会儿就被胀死了。

动物朋友告诉你

即使彼此之间达成了共识，可一旦一方反悔，他们之间就会成为势不两立的对手。

35.聪明的云雀

美丽的春天是云雀的恋爱季节。到了春天，当农夫的麦田里播下的种子发芽，芽儿抽长，嫩叶掩盖田地时，云雀就开始筑巢。当伸长的麦叶使整块土地变成一片绿海，完全遮蔽了窝巢时，雏鸟就会孵化出来。雏鸟在高高的小麦掩护下，一天天长大，等到农夫要收割时，雏鸟已经能够自由地在天空飞翔了。

云雀就这样一代代地繁衍着。后来，出现了一只非常聪明的云雀。聪明的云雀起初和其他云雀一样，在小麦的嫩叶遮蔽田

地时筑巢，然后在收割之前把小孩养大。可是后来，聪明的云雀有了新的想法：把筑巢的时间再往后延一小段时间，会不会比较好？

因为在嫩叶还不够长，鸟巢半隐半现时筑巢，承受的风险会比较大，农夫会在这时前来察看小麦的生长情形，看到鸟巢就一脚踢开，使得拥有那个巢的同伴必须重新筑巢。更何况晚一些筑巢并不会影响孩子们的成长。

“对，应该是这样比较好！”聪明的云雀这么想着。何况这么一来，就可以多享受一点恋爱季节的乐趣。于是这只聪明的云雀在下一个春天到来时，比以前晚了一点时间筑巢，也因此比以前晚产卵，也较迟孵出雏鸟。

收割季节来临了。

这时候其他云雀的孩子都已经长大，可以在空中飞翔了，聪明云雀的小孩却还没有长大到可以展翅高飞。

“这一点已经考虑过了。”聪明的云雀心想。只要知道收割日期，在前一天把全家迁移到森林里去就行了。于是聪明的云雀开始留神，仔细聆听农夫们巡视田地时交谈的内容，在农夫们商量“明天

终于可以收割了”的次日早晨，聪明的云雀即带着快要能够飞行的孩子们逃进森林。

结果非常成功。因为，不仅孩子们平安无事地长大，他们还能在成长的最后阶段，切身地体会到麦田是什么，农夫在那里做什么等，而且因为是在枝叶浓密的森林中实施飞行训练，每个小孩都长得身强体壮，能够灵活飞舞。

掌握到诀窍以后，聪明的云雀就在下一个年头也以同样的方式养育小孩，孩子们也同样健壮的长大。可是，悲惨的事件就在次年发生了。其他云雀知道聪明的云雀如何成功地养育小孩，也模仿起他来。有些云雀同样成功地养育出下一代，而有些云雀却忘了注意农夫的谈话，导致雏鸟被抓，还有些因为过晚孵育，而在前往森林避难时丧生。

更悲惨的是聪明云雀的孙子们，由于他们是以这种方式生长的，不觉得这种养育法有什么特别，大多缺乏警戒心，也疏于注意，或是在收割季节时不知道该怎么办才好，就这样很多雏鸟都夭折了。

动物朋友告诉你

违背常理的事情总是会带来很多的牺牲。

36．黄蜂和蜜蜂

有一只勤劳的小蜜蜂，经过他的辛勤工作，蜂巢里很快就储存了很多蜂蜜。为了保护自己的劳动果实，他把自己的蜂巢重新建造在一个很隐秘的地方。

有一天，一只无所事事的黄蜂经过这里，恰巧看见了这个蜂巢，他心里打起了鬼主意：这真是一个不错的地方，里面又有这么多甜美的蜂蜜，何不占为己有呢？于是，他故意高声地叫嚷以引起别人的注意："你们看我造的巢多结实呀。"

第二天，出外寻花归来的蜜蜂一看，黄蜂俨然一副以主人自居的模样，大大咧咧地坐在巢中，感觉非常惊讶。他气愤地对黄蜂说："这是我的家，

请你马上离开这里。”

黄蜂晃了晃自己强壮的身体，好像是在对蜜蜂示威：“不要信口胡言，这里明明是我的地盘，怎么成了你的家呢？”黄蜂一副无赖的嘴脸。

蜜蜂看着强壮的黄蜂，一筹莫展，不得已，只好告上法院。庭长啄木鸟主持审理此案。

啄木鸟法官说：“一切案件都要依证据而定。小蜜蜂，你说黄蜂霸占了你的家，你必须要拿出证据证明那是你的家才行。”但糟糕的是，由于蜂巢位处偏僻，而且又很隐秘，蜜蜂在辛勤建造这个巢的时候，根本没有人注意到。当然，也没有人看到黄蜂在建造，所以此案只好暂停审理。

这时，在蜂巢附近的树上栖居的乌鸦，走上了证人席。他瓮声瓮气地说：“我的确经常听到从那个蜂巢里传出来蜜蜂拍翅的嗡嗡声。”

黄蜂马上狡辩道：“你们听着，我的拍翅声也是嗡嗡的呀。”结果乌鸦的证词同样无效。

就这样又过了好几天，案子还是暂停审理。

蜜蜂的朋友也都在竭尽所能拼命寻找新证人，却一直没有头绪。日子一天天过去，好不容易积存的蜂蜜，在一直无法决定归属的蜂巢里，就快要腐坏了。

蚂蚁忍不住对蜜蜂说："你与其为这么荒唐的事浪费时间，还不如让我们大家帮你一起去造个新巢。"

"是啊！我怎么一直没有想到这个主意呢？我如果能够筑一个与那个一模一样的蜂巢，一切问题不都解决了吗？"勤劳的蜜蜂马上开始忙活起来。

在朋友们的全力帮助下，蜜蜂的新巢不久就初见雏形了。看着这个新建的漂亮的巢，大家都认定原先的那个巢一定是小蜜蜂的，而这个时候，无赖的黄蜂早已不知去向。

动物朋友告诉你

事实胜于雄辩，一切的谎言都会在事实面前被揭穿。

37.孔雀与寒鸦

一个空气清新的早晨，万物刚从沉睡中醒来，喜鹊就叽叽喳喳地开始传播信息。他站在一根经过悉心挑选的树枝上，以保证所有的鸟类都能听到他的声音。

不过他今天要散布的消息可是非同小可，所以在开口之前，先清了清嗓子，然后嘹亮地开始了："亲爱的鸟同胞们，大家赶紧集合了，我们要选举一个鸟类的国王，希望大家都积极踊跃地参与。"

他的声音立刻引起了强烈反响，一时间，无数的鸟儿在枝头嬉闹，等待着激动人心的时刻。很多鸟都跃跃欲试，希望能成为鸟类的国王，几乎所有的鸟类都到齐了。

就在大家准备展示自己才艺的时候，忽然一个急切的声音打断了他们："各位，你们怎么不等等我呢？因为我才是最适合做鸟类国王的人选。"原来是孔雀拖着自己夸张的大尾巴姗姗来迟，离得好远就开始大声地叫嚷。还没等其他鸟儿开口，他又说："大家就选我做国王吧！我的羽毛是最美的！"说着，孔雀就迫不及待地展开他那美丽的尾巴炫耀起来。他边高高地昂起脖子在鸟群中来回踱步，边自我陶醉地说："我最大的资本就是我的美丽，我的羽毛连人类的王冠都相形见绌；如果我跳起舞来，天上的星星都会自惭形秽。你们这些可怜的臣民，可千万别被我这靓丽缤纷的色彩灼伤了眼睛，可要小心哦。"

大家被孔雀的美貌震慑住了，

一个个张大了嘴巴。鹦鹉首先附和，他说："有这么漂亮的鸟做我们的国王，是值得骄傲的一件事。我们就决定选孔雀为我们的国王吧！"

这时，一向冷静沉稳的寒鸦却不赞成地说："不错，孔雀是最美丽的。但是，我们被侵袭时，他有什么能力来保护我们呢？与其选一个美丽而不中用的国王，倒不如选择一个在危险的时候能够挺身救我们的国王！如果有敌人向我们进攻，他的羽毛再漂亮，又能为我们抵挡什么呢？"

众鸟听了寒鸦的话，认为很有道理，都点头表示赞成。孔雀只好收起自己的尾巴，羞惭地提前离开了。

最后，大家经过公开投票，选举了强悍凶猛的老鹰为百鸟之王。

动物朋友告诉你

防患于未然是有必要的，有先见之明的人不能算是好事之徒。

38. 蚱蜢和猫头鹰

一只猫头鹰晚上辛辛苦苦地捕捉食物，所以白天就打算美美地睡上一觉。正当他睡得很香时，被一只蚱蜢的叫声吵醒了，他再也没法入睡，便对蚱蜢说：“你能停止你的叫声吗？我要抓紧时间休息。”

可蚱蜢竟然无动于衷，不予理睬，仍然叫个不停。猫头鹰越是跟他好好商量，他反而叫得越响，好像故意跟猫头鹰作对似的。猫头鹰本已经累得筋疲力尽，不想跟他计较，可是他的叫声太让人心烦。

猫头鹰忍无可忍，突然想到一个好计策，便对蚱蜢说：“听到你动听的歌声，我已睡不着了。你的歌声如同阿波罗神的七弦琴一样动听。我要把青春女神赫柏刚送给我的仙酒拿出来，痛痛快快地畅

饮一场。你若不反对，就请上来一起喝一杯润润喉咙吧。”蚱蜢这时已经叫得很渴，又被这赞美弄得忘乎所以，于是也没多想就急忙地飞了上去。

结果，猫头鹰从洞里冲出来，把聒噪的蚱蜢给掐死了。

动物朋友告诉你

忘记了自己的地位和处境，结果，自找苦吃。

39. 白鹭和鱼

一天，一只白鹭与自己的伙伴结伴而飞，半途中觉得肚子饿了，朝下一看，正巧看到一个小池塘，他便忍不住脱离大家独自降落下来。

他很高兴，因为池塘里面有很多鱼。除了鲫鱼、泥鳅和鲤鱼之外，还有没见过的大鱼在水里忽隐忽现。

他在心里想："既然要抓就抓一条大鱼，让大家看看我的厉害！"

既然是因为肚子饿而离开鸟群，就应该随便吃点小鱼回到同伴那里；或者，既然无意中发现了这个鱼类繁多的池塘，不妨先回到同伴那里，告诉大家这件事，再与整群同伴回来享受。可是这只白鹭满

脑子只想着要捕捉谁都没有见过的大鱼，好在大家面前炫耀。这么一来，不要说泥鳅了，连鲫鱼和鲶鱼他都不看在眼里，连平常视为大餐的鲤鱼也变得毫无价值了，在他眼中闪现的只有飞下池塘时看到的大鱼的影子。白鹭打定主意："非捉住那种鱼不可！"可是，是否真有大鱼还不一定，就算真的有，也还不知道能不能用他那种细长的嘴巴捉住……

慢慢地天黑了，什么都看不见了，白鹭只得在陌生的沼泽中，空着肚子，孤零零地过夜。

动物朋友告诉你

盲目地沉溺于不切实际的幻想中，最终只能是一无所获。

40. 野鸽和家鸽

一个捕鸟人为了能够捉住鸟，想尽了办法，一开始他把谷物撒在网下，可是胆小的鸟儿都不敢过来啄食。于是他把几只家鸽拴在网里，然后躲在远处看着。

有些野鸽看到网下有家鸽在啄食，就放心地飞到家鸽旁边去，一下就被兜在网里。当捕鸟

人跑去捉住野鸽时，野鸽责骂家鸽，说他们原本是同族，却不把诱捕的计谋提前告知。家鸽无奈地回答说：“我们怎么能那么做呢？主人给我们维持生计的食粮吃，我们就要忠心维护主人的利益。即使我们真的是同族，对我们来说，维护主人的利益也比取悦你们更重要呀。”

动物朋友告诉你

因为不能为了私利而忘恩负义，所以为了忠心而怠慢亲族之人情有可原。

41.两只公牛和青蛙

在一个池塘附近的草地上，有一黑一白两头公牛在拼死相抵，事情的争端是缘于一头年轻而健壮的母牛，而母牛这时已经若无其事地走开了。

而池塘边的青蛙却在高声鸣唱，他们的日子幸福而欢快，他们才不会为了这些鄙俗的事情而产生矛盾呢。

“喂，看到了吗？那两头公牛在打架，多么野蛮的行为啊！”大青蛙说。

“都是为了那头母牛，他们好像已经积怨很深了。”青蛙弟弟向草地方向张望着说。

大青蛙长长地叹了一口气，痛苦地说：“一场灾难就要来临了。”

“什么灾难，用得着如此愁眉不展？跟我们有什么关系？”小青蛙不屑地说。

大青蛙又长叹了一声：“你怎么连这点道理都不懂。我们姑且不管那两头牛为了一头母牛而残酷地拼杀，是否违背了应该遵循的道德标准，也不管在这场战争中，哪一头牛会赢，哪一头牛会输，这些我们都管不着。但是，你千万不要以为那场战争距离我们很遥远，对牛来说，这里和那里并没有什么区别，如果他们移动四五步的话，你能够想到会出现什么问题吗？不错，那两个庞大的身躯就会殃及我们住的池塘，他们的巨蹄就会马上落到我们头上。如果其中一头不小心跌倒，我们一群立刻就会被压扁了。”

越来越多的青蛙聚拢过来，大家都惊恐万分地听着大青蛙的一席话，止不住脸色发青，全身颤抖。大青蛙望了大伙一眼又继续说道："我们的确无法预料后果怎样，你们看，他们的架好像快打完了。我虽然说了这么多，但是如果不付诸行动的话，灾难依然不能避免，这个池塘边已经危机四伏了，各位，让我们尽快离开这里，到池塘深处去躲开这场即将来临的灾难吧！"

果然，没过多久，被打败的公牛来到沼泽地栖身，蛙群受到了严重的伤害，短短一个小时就有20只青蛙惨遭不幸。

动物朋友告诉你

我们常常能够看到大人物的愚蠢举动，直接导致了无辜人的灾难。可是故事中的青蛙不及时地躲避又怪得了谁呀？

42. 兔子和青蛙

有一天，兔子们在一起感叹命运的不公平，其中一只说："上天把我们的胆子生得那么小，整天吓得魂飞魄散，没有一天安稳日子。"

众多兔子都深有同感，都为自己的胆小无能而难过，互相悲叹他们的生活中充满着危险和恐惧，还常常被人、狗和鹰以及别的许多动物屠杀。

他们越谈越伤感，好像已经有许多不幸发生在自己身上了，他们怨叹自己天生不幸，既没有力气和翅膀，也没

有利齿，整天只能东躲西藏地过日子。连想要抛开一切大睡一觉，也有什么都听得见的长耳朵阻挠，赤红的眼睛显得更加憔悴了。

最后，他们觉得自己真的成了世界上最胆小的动物，与其这样，还不如一死了之。

于是他们一致决定从山崖上跳到下面很深的湖里，了结自己的生命，结束他们的一切烦恼。就这样决定了，他们一齐奔向山崖，想要投水自尽。

这时那些青蛙正在湖边觅食，听到了急促的跑步声后，立刻纷纷跳到深水里。

有一只兔子，看到青蛙都跳到水中，似乎明白了什么，他大声叫道："停下，我们不必吓得去寻死了！其实，还有比我们更胆小的动物呢！"

这么一说，兔子们的心中就奇妙地豁然开朗起来，还是决定活下去。

动物朋友告诉你

不幸的人会以别人更大的不幸来聊以自慰。

43.乌龟和兔子

有一天，兔子吃饱了，躺在草地上舒服地晒着太阳睡大觉，乌龟慢腾腾地爬过来说：“听说你跑得很快，这是真的吗？”

“那当然，这个大家都知道！”兔子说。

乌龟接着说：“那么我们比赛吧？”兔子立刻捂着肚子笑个不停：“我没听错吧？”他不相信乌龟竟然提出这样的要求。

“我再重复一次，我很想和你比赛看看到底谁跑得快。”乌龟答道。

兔子觉得很麻烦，也不太愿意，就说：“不用比了，你一定会输的。”

“咱们打赌，”乌龟说，“你不会早于我到达终点。”

“你会比我跑得快？那根本就是不可能的事情。”这只骄傲的野兔说，“我看你要多吃几粒治疯病的药来清醒头脑。”

但是乌龟坚持要跟兔子赛跑，兔子拗不过，只好答应了，可是他却没拿这当回事。

乌龟说：“咱们用三天的时间来准备，三天后还在这里集合，不见不散！”

兔子心想：“我还用准备？你好好准备吧！”

三天的时间到了，比赛开始。

兔子先是用最快的速度跑了几步，真的像是疾风过境一样。看得路边观战的动物们傻了眼：这下乌龟输定了。这时，已经看不见乌龟的影子了，兔子就停下来啃啃青草，摘朵小花，玩了一会儿，就有了困意，这只兔子总是睡不够。兔子心想：即使乌龟快到终点，我

加把劲也能追得上他，干脆小睡会儿吧，不然人家还说我欺负他呢！于是兔子躺在松软的草地上做梦去了。

这时乌龟使出全力，虽步伐缓慢，但这已是他最快的速度了。他深知自己的速度很慢，所以一刻也不敢松懈地向前爬行。

太阳已经升得老高了，强烈的阳光把兔子的眼睛刺疼了，兔子这才睁开了眼。这时兔子看到乌龟距终点只有一步之遥了，他马上像离弦的箭一样追了上去，甚至比平时要快上几倍，乌龟的速度根本没法比。然而一切都太晚了，乌龟已经迈过了终点线。

“嘿，怎么样？”乌龟对野兔嚷道，“结果是我赢了。”

兔子垂头丧气地坐在了地上。的确是乌龟先到达了终点，兔子输了。

动物朋友告诉你

虽然慢，但只要坚持不懈，终归会取得胜利；放松了警惕，对敌手不屑一顾，则会让敌手有机可乘。

44.乌龟和野鸭

一只头脑简单的乌龟想到外面看世界，因为他厌倦了自己的家。他想：外面的世界才精彩，我要出去闯荡一番。

乌龟把自己的想法讲给两只野鸭听，鸭子表示可以想办法帮助她实现愿望。

“我们可以顺着这条大道在空中把你送到美洲，沿途你会看到许多国家、民族，了解到各种风俗习惯，并从中受到教益。有个叫尤里西斯的国王曾经也有过这样的经历。”

乌龟接受了鸭子的意见，把事情定了下来。为了空运乌龟，鸭子准备了一种工具，就是在乌龟的嘴里横放了一根木棍，然后吩咐她道：“咬紧啊，

万万不能松口！”说罢，两只鸭子各架起棍子的一头，腾空而起，把乌龟送上了天。乌龟身背厚壳，架在野鸭之间遨游，每经过一个地方，都会引起人们惊讶的目光。

“真是神了！”大家喊道，“快看呀！乌龟皇后竟然飞上天了！”

乌龟兴奋极了，因为她听见人们叫她“乌龟皇后”。

“皇后？真的，是皇后。该不是嘲笑我吧，我是皇后？！”

在她开口说话之际，嘴松开了棍子，她从空中翻了几个漂亮的跟头，最后摔死在人群的脚边。

动物朋友告诉你

不谨慎，多嘴饶舌，愚蠢的虚荣心和无谓的好奇心，都是酿成不幸的原因。

45. 渔夫与小梭鱼

渔夫在海边捕鱼，一网撒下去，往上拉时感觉空空的，没有什么重量。拉上来后，他把网抖来抖去，只发现一条小梭鱼。

那可怜的小梭鱼哀求渔夫说："求求你把我放了吧！我还这么小，对你来说也没有多大用处！"渔夫摇着头说："不，现在我手上只有你这么一条鱼，要是把你放走了，我就一无所有了，这样做太愚蠢了。"

"你就放了我吧！等我长大一些你再捉住我，这样对你不是更好吗？"小梭鱼开始向渔夫保证说。

渔夫说："以后的事情谁又能说得准呢？等你

长大，那确实能给我带来更大的好处，但是那个希望太渺茫了。要是有朝一日我能抓住你，我倒是没有什么损失，但是我很有可能根本就抓不到你！相比之下，我还是抓住眼前看得见的实实在在的利益比较好！”

动物朋友告诉你

十鸟在林，不如一鸟在手。眼前的、既得的利益总是比未知的、缥缈的承诺更诱人、更实在一些。重要的是把握现在。

46. 牧羊人与狼

牧羊人在野外捡到一只刚刚出生的狼崽，觉得他很可怜，就把他带回家，跟他的狗喂养在一起，希望他能像狗一样为他看家护院。

小狼长大以后，像狼一样的警觉，而且奔跑的速度也特别快，比狗要灵敏得多，每次有狼来偷羊，他就和狗一起去追赶。吓得偷羊的狼连头也不敢回。牧羊人感到很欣慰，总算没有白养活他。

有一次，狼群来偷袭，绿色的眼睛紧盯着羊群，看样子是饿得发疯了，牧羊人拿起猎枪把狼吓跑了，可狼还是叼走了一只羊，狗不敢去追了，站在原地不动，而那被牧羊人养大的狼却继续拼命地追赶，最后终于追上了，狼们看见追上来的只有一只狗，

再仔细一看，竟然是自己的同类，就劝他说：“你干吗那么卖力呢？咱们才是同类，你一直被牧羊人收养，一定没有尝过新鲜羊肉的美味吧？不如我们一起分享这只羊，你看怎么样？”结果狼不仅没有把羊救回来，反而和其他狼一起分享了羊肉。

从那一次开始，狼尝到了新鲜羊肉的味道，有时并没有狼来叼羊，他也偷偷地咬死一只羊，然后和狗一起分享。后来，即使没有狼来偷袭，羊还是会一只只地减少，牧羊人觉察到狼的恶行，便将他抓住，吊死在树上，以儆效尤。

生性歹毒之人，一旦受到诱惑，便会重操旧业。

47.胆小的兔子

有一天，百兽之王狮子在捕猎时受伤了，这可是很少见的。是谁有这么大的本事呢？原来是狮子太不小心了，一时走神，才会被黑斑羚撞倒，更不幸的是跌在了黑斑羚的角上。

狮子召集王国中的所有动物大声地说："你们听着，只要是有长角的动物，现在马上离开这里。不管是牛、犀牛、山羊还是黑斑羚，也不管角的长短、粗细，只要是长了角的，全部尽快从我的视线中消失，一刻也不要多留。等到今天的太阳下山，明天的太阳升起之后，凡是在我面前出现的有角动物，都会马上被我杀死！给我记住了！"

于是公羊、公牛马上搬了家，斑鹿和公鹿也马

上迁徙，大家避之犹恐不及，深知早走为妙。一时间群兽惶恐不安，森林里到处是逃窜的身影。有只野兔无意中看到自己耳朵的影子，生怕有谁多嘴，把他的长耳朵当成角，于是也急着要搬走。

“再见了，我的蟋蟀邻居。”兔子说，“我非离开这里不可，因为别人会把我的耳朵当成角的，即便我的耳朵比鸵鸟的还要短，我还是会整日里担惊受怕的。”

蟋蟀责问道：“这也叫角，你把我当傻瓜了？这是上帝给你的耳朵嘛。如果照你的说法，那我们的触角不也很危险了。”说着说着，蟋蟀自己倒开始害怕起来，就这样蟋蟀也跟着逃走了。

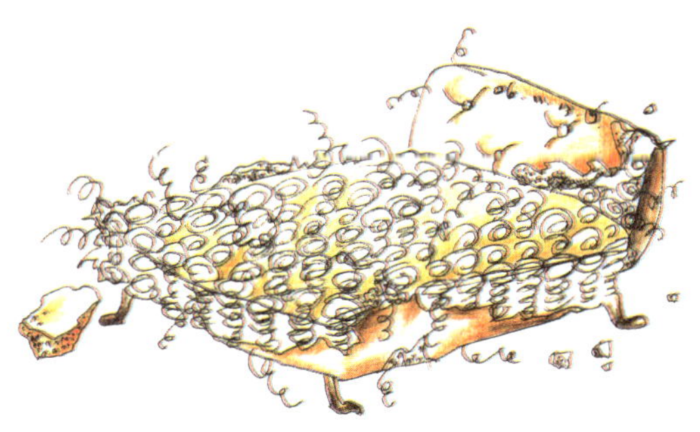

动物朋友告诉你

照这样下去，狮子一定会在不久之后成为孤家寡人的。

48. 牧羊人与狼崽

一个牧羊人意外地发现了一只小狼崽，并带回家喂养。他盼着狼快些长大。但是他的目的是想让这只自己养大的狼去偷别人家的羊。

一天天过去了，在牧羊人的期盼下，小狼终于长大了，他尖利的牙齿和闪闪发绿的眼睛就是很好的证明。牧羊人觉得时机终于到了，就教他如何去偷抢附近别人家的羊，并且不能让他们发现。已驯化的狼不知道自己做的是坏事，就听从了主人的话，轻轻地走到别人家的羊圈里，用尖利的牙齿撕断羊的喉咙，然后把羊拖回主人的家。他这样做了好几次之后，突然觉得这是一件很不好的事情，因为他看到了那些丢羊的人痛苦的表情，可是主人的命令

他又不能违背。

一天晚上，主人又让他去偷羊，他忍无可忍了，就说：“你要我养成了偷抢的习惯，那最好请你也留意看守好自己的羊，我兽性大发的时候，可不能保证他们是安全的。”

动物朋友告诉你

唆使别人干坏事，同时也要小心自己跟着遭殃。

49. 牛和屠夫

一群牛被关在屠夫家的庭院里，等着被宰杀。

庭院里的牛一天天地减少，这引起了很多牛的恐慌。一天，牛们聚集在一起，商量如何才能改变自己被宰杀的命运。

“屠夫实在是太可恶了！竟然以宰杀我们为职业，我们一定要报复他。”他们聚集在一起，商讨办法，有的开始磨砺他们的角，准备战斗。

有一头耕过许多田地的老牛说：“屠夫确实会宰杀我们，但我们的命运就是这样，谁都逃不了一死，现在不死，以后也会老死或者病死，那样也很痛苦。如果死在手艺高明的屠夫的刀下，或许他们精巧的手艺还能让我们死得更痛快一些，减少我们

的痛苦。即使我们把屠夫杀了，我们也难逃一死，很有可能落在其他人手上，我们便更加痛苦了。”

“那按照你的意思，我们还要感激屠夫了！”其他的牛疑惑地问。

“感激倒也不用，只是我们的命运掌控在人们手中，虽然屠夫可以被我们杀死，但人们总是要吃牛肉的。这是一个不争的事实。”老牛说。

“那我们现在怎么办呢？”

“上帝让人生也让人死，人固然讨厌，但他们从来没有因此要杀掉上帝，有些不能改变的事情还是顺其自然好了！即使现在我们杀了屠夫逃掉了，还是不能摆脱被宰杀的命运。”

动物朋友告诉你

人有时也要学着接受不能改变的一切。

50.鸽子和蚂蚁

有只蚂蚁口渴了，便来到河边喝水，一阵风吹来，一不小心脚下滑了一下，掉进了水里，眼看就要被淹死了。

这时，一只善良的鸽子无意之中发现了这只快要溺死的蚂蚁。可怜的蚂蚁正在水中拼命挣扎扑腾，想爬上岸去，但是他太小了，根本抵挡不住水流的冲击。鸽子急忙用尖嘴摘下一片树叶，再轻轻地把叶子铺放在蚂蚁旁边的水面上。蚂蚁拼命爬上树叶，保住了一条命。虽然，不过是一片树叶，但对蚂蚁而言却犹如大船，吹来的风把树叶和蚂蚁送到了河边，蚂蚁终于从绝境中起死回生，幸运逃过一劫。

当蚂蚁惊魂未定时，一个捕鸟人走来，他看到

了正在河边饮水的鸽子，就悄悄地靠过去，想用粘竿套住鸽子。蚂蚁见捕鸟人就在自己的身边准备伤害鸽子，就急中生智咬了捕鸟人的脚一口。猎人吃了一惊，不由得抬起脚来，鸽子察觉到危险，便扑翅飞走，得以死里逃生。

动物朋友告诉你

善者终有善报。

51. 小老鼠眼中的公鸡和猫

一只年幼无知的小老鼠，从未走出过鼠洞一步。一天，小老鼠的母亲让他自己出去见识一下，然后回来向她讲述经历的事情。

小老鼠第一次出门，兴奋之情可想而知，对什么都充满了好奇心。小老鼠穿过环绕着的山峦，一溜小跑着到了一块空地。这时候，两只动物引起他的注意，其中一只温柔、善良而亲切，他和小老鼠一样，身上有着柔软的毛，有斑纹，长尾巴，举止斯文，目光稳重但炯炯有神。小老鼠在心里寻思：他和我们老鼠一定能友好相处，因为他耳朵的形状也与我们的大体相同。

另一只却好激动、爱争吵，他的嗓音尖厉刺耳，

头上还顶着个大肉包，尾巴展开着翎毛，他的两只胳膊向空中升起好像就要飞翔一般。他用双臂拍打着自己的双肋，发出好大的声响。小老鼠这时想：感谢上帝赋予我胆量，要不我会吓晕的。

正当小老鼠要与那个看起来很温顺的“朋友”打招呼时，另外那个家伙发出的巨响把他给吓跑了。小老鼠在心里咒骂他，如果没有他，我就可以和那位看来非常斯文的动物结识了。他在回家的路上一路骂着：“那真是个不受欢迎的家伙！”

当他回到家里把一天的经历向母亲汇报时，他的母亲却跟小老鼠的想法截然相反：“你应该感谢他才对。那个看起来温和的家伙是只猫，在他虚伪的面孔下却有着歹意。他专门捕食我们的同胞。另一只是公鸡，他根本不会危害我们，也许有一天还会成为我们的美餐。”

动物朋友告诉你

每个人都要时刻提防自己真正的敌人，千万不能以貌取人。